모택동 시

모택동 시

지은이 모택동
옮긴이 조민호
발행처 열린서원
발행인 이명권
초판발행일 2023년 3월 10일

주 소 서울특별시 종로구 창덕궁길 117, 102호
전 화 010-2128-1215
팩 스 02) 6499-2363
전자우편 imkkorea@hanmail.net
등록번호 제300-2015-130호(1999년)

값 13,000원
ISBN 979-11-89186-22-7 03800

※ 이 도서는 진도군의 2022년도 문화진흥기금 지원사업에 선정되어 발간된 작품입니다.

모택동 시

지은이 모택동
옮긴이 조민호

열린서원

모택동 시 번역 원본은 모택동의 『毛主席 詩詞』로 1976년 1월에 북경 제1호판을 1976년 3월 심양시 인민문학출판사판으로 출판된 책을 사용하였다.

모택동은 중국의 공산주의 혁명가요 사상가이며, 시인이고, 서예가이다. 『毛主席 詩詞』에는 44편의 작품이 있는데, 중화인민공화국 건국전(前)까지의 작품(22편)만 번역하였다. 역자는 모택동 시인의 작품(22편)만을 간자체와 번자체로 소개하는 것으로 한다.

"沁园春
长 沙
一九二五年"

모택동의 시 대부분은 위 시의 제목처럼 "沁园春은 사패명(詞牌名)"이고, "长沙장사"는 시 제목이다. 그리고 "一九二五年"은 창작 연월일로 적어 놓은 것이 많다.

그러나 편집부에서　"沁园春
　　　　　　　　一九二五年"
옆으로 옮겨 놓았음을 알려드린다.

번역에 있어 참고 서적

1. 黃安禎 編輯, 『毛澤東詩詞名家賞析』, 北京師範大學出版社, 1993년.
2. 馬連禮 主編, 『毛澤東詩詞美學論』, 山東人民出版社, 1994년.

사패명(詞牌名)이란

1. 송(宋나라)에서 불린 곡조인 사(詞)에서 글자와 운율을 맞추기 위해 쓰인 글자.
2. 사(詞)를 지을 때 일부 악곡의 원명(原名)으로 일정한 격식과 운율을 갖고 있다.
3. 사(詞)의 박자와 음률을 결정한다.
4. 사(詞)의 내용과 사패 자체의 뜻은 상관이 없다.
5. 사패의 수는 대략 870여개이다.

- 百度辭典

감사의 글

번역시집의 제자(題字)는 동역자인 도원 송태정 목사님께서 써 주셨다. 추천사를 쓰신 이명권 박사는 오랜 길벗이며 〈코리안아쉬람〉의 대표로서 나의 동지다. 그리고 기쁜 마음으로 발문을 써주신 최자웅 신부님께 진심으로 감사를 드린다. 그리고 국립목포대학교 국어국문학과 조용호 교수님께도 정중히 고개 숙여 감사의 예를 표한다.

2023년 2월

조 민 호

📖 추천사

마오쩌둥의 공과(功過)와 함께 돌아 본
그의 시(詩) 산맥

이명권(동양철학자/ 코리안아쉬람대표)

『마오쩌둥 시집』이 '열린서원'에서 나왔다. 얼마 전 중국현대시인선 『굶주린 짐승』을 번역한 조민호 시인의 또 하나의 뛰어난 번역 작품이다. 마오쩌둥(毛澤東, 1893-1976)은 잘 알려진 바와 같이 중화인민공화국의 혁명가요 정치인이다. 중국 공산당 중앙위원회 초대 주석을 역임한 자로서 그는 사상가이자 시인(詩人)으로 뛰어난 시들을 발표했다.

조민호 시인은 마오쩌둥이 남긴 대표적인 시들을 번역하여 한국의 독자들에게 소개하고 있다. 번역문은 중국어 간자체와 번자체를 동시에 실어서 중국어를 공부한 학생과 한문을 해독할 수 있는 독자들에게 원문의 뜻을 깊이 헤아리도록 친절하게 편집의 묘도 살렸다.

대부분의 마오쩌둥의 시는 중화인민공화국의 건국을 전후로 한 혁명기 시대의 반제국주의적인 사상을 배경으로 하고 있다. 그는 1911년 신해혁명과 1919년 5·4운동의 영향을 받고, 베이징 대학의 사서로 일하면서 마르크스와 레닌주의를 수용하고, 중국 공산당의 창립멤버가 된다. 장제스

(蔣介石, 1887-1975)가 이끄는 국민당과의 대결이었던 국공내전의 승리 이후 1949년 10월 1일 중화인민공화국을 건국하고, 1958년 대약진 운동과 1966년 문화혁명을 시도했지만 모두 처참한 실패로 끝난다. 여러 가지 정치적 과오에도 불구하고 마오쩌둥은 문맹퇴치와 여성의 권리신장, 기본의료와 초등교육의 개선과 수명의 향상 등에 기여한 바는 크다고 할 수 있다.

1911년 신해혁명이 일어나자 혁명군에 가담하기도 했던 그는 1912년 중화민국의 개국이후 후난성 공립고등 중학교에 수석으로 입학하기도 하지만 방황기를 거친 후 후난성 제1사범학교에 입학한다. 1919년에는 베이징대학 교수인 양창지(楊昌濟, 마오쩌둥의 장인)의 도움으로 베이징대학 사서보(司書補)가 되면서, 한편으로 지식인들의 강의를 접하거나 혁명과 사상 그리고 전쟁에 관련된 수많은 책을 읽으면서 훗날 '마오사상'의 기초를 쌓게 된다. 그는 실제로 1919년에 장사(長沙)에서 학생, 상인, 노동자들의 연대를 구성하여 항일운동을 주도하며, '홍위병(紅衛兵)'의 창설 촉구와 러시아 혁명을 찬양하는 글을 쓰기도 한다. 이 시기 일본제국의 강점에 항의하는 5 · 4운동이 일어난 해다.

마오쩌둥은 1920년에 고향 장사로 돌아와서 『상강평론(湘江評論)』이라는 잡지를 창간하지만, 성정부의 탄압으로 폐간된다. 이후 창사 사범학교 교장 겸 어문학 교사가 되어 교육 사업을 실시한 후 이듬해부터 마르크스주의를 수용하면서 혁명가의 길에 본격적으로 들어선다. 1924년 공산당이 국민당과 연합하여 항일투쟁을 위해 국공합작을 도모하던 시절 중국 국민당 중앙 집행위원과 동시에 중국 공산당 중앙위원이 되기도 한다. 그는 고향인 후난 성에서 공산혁명의 동력으로 농민운동을 주목하게 되었고, 얼마 지나지 않아서 중국 전역의 수억의 농민이 '폭풍우처럼' 봉기할 것을 예측한다. 이 시기에 마오쩌둥은 고향의 이름을 따서 〈장사(長沙)〉(1925)라는 시를 쓴다. 그 대목은 이렇다.

"차가운 가을날
상강은 북으로 흐르는데
나 홀로 귤 섬 앞부분에 섰노라.
… …
아, 광활하여라
묻노니, 아득한 대지에서
그 누가 흥망성쇠를 주재하느냐?
… …
기억하는가?
저 강물 가운데 들어가 수면을 치며
물결 이는 배를 저지하던 그 일을…"

다분히 그의 저항의식이 돋보이는 시다. 국공합작이 실패하자 1927년 마오쩌둥은 중국 최초의 공산당 무장봉기인 후난성의 추수봉기에서 살아남은 수백 명의 농민 운동가를 이끌고 후난성과 장시성의 접경지대인 정강산(井崗山)으로 피신하게 된다. 한동안 은신하며 농민부대를 재정비하던 바로 이곳의 이름을 따서 〈정강산〉(1928)이라는 시를 쓴다. 그 전문은 이렇다.

"산 아래 군기를 바라보고
산마루에선 북과 나팔 소리 들린다.
적군은 수만 겹으로 에워쌌지만

나는 우뚝 선 채 서 있노라.

삼엄한 보루는 이미 쌓아 놓았고
더욱 더 모두의 뜻이 성채를 이루었다.
황양계에 대포 소리 울리더니
적군의 야간도주 소식을 알려 주네"

　마오쩌둥은 1927년에 〈황학루〉라는 시를 쓰면서, "황학은 어디로 날아가고/ 사람이 놀던 곳만 남았는가?/ 잔 들어 도도한 강물에 뿌리니/ 심장의 고동이 물결 따라 치솟는구나!"하면서 공산혁명의 의지를 다시 불태우기도 했다. 그 의지의 하나는 토지개혁에 있었다. 1928년에 쓴 시 〈장계 전쟁〉에서는 "풍운이 돌변하니/ 군벌들 다시 전쟁이 벌어 졌다./ 홍군의 깃발은 정강을 뛰어넘어/ 국토의 한 조각을 정돈하여/ 토지개혁을 명료하게 서두르네."라고 읊고 있다. 1929년에 쓴 〈중양〉은 "금년에도 중양절인데/ 전쟁터의 들국화만 향기롭구나."라고 하여 전시(戰時)의 쓸쓸한 모습을 술회하기도 한다. 1930년 1월에 쓴 〈원단(元旦)〉에는 "산 아래, 산 아래로 내려가니/ 바람에 휘날리는 붉은 깃 발이 마치 그림 같구나."라고 묘사하는데, 신년 초에도 깃 발을 들고 전시에 임해야 하는 홍군의 깃발을 이렇게 표현 하고 있다. 같은 해 7월에는 〈정주에서 장사로 향하다〉라 는 시를 통해 "백만 농공인 맹렬하게 일어나/ 강서를 휩쓸 고 호남과 호북을 치네/ 비장하게 국제가를 부르니/ 돌풍 이 우릴 위해 하늘에서 내리네."라고 노래하고 있다.
　마오쩌둥은 1931-1934년 사이에 중화소비에트 공화국 이라는 과도정부를 구성하고 농촌을 중심으로 한 게릴라전을 구사하여 국민당 군을 격파했다. 이 당시 쓴 시가 〈제1차 "포위하여 토벌"로 대반격하다〉(1931년, 봄) 라는 시다. "서리 내린 날 온갖 수목은 붉고 선명하니/ 천병(홍군)의 노기는 하늘 높이 치솟는구나/ 룽강(龍岡)의 일천 봉우리는 안개 자욱한데/ 먼저 장휘찬을 사로잡았다고/ 일제히 함성을 지른다."는 모습이 그러하다. 그해 여름에는 제2차 반격의 게릴라전을 성공시키며 이에 대한 시를 쓰기도 한다. 1933년에 쓴 〈대백지〉에서는 "그해 치열하게 싸웠던 전투로/ 앞마을 담장에 총탄이 구멍을 뚫었지/ 저 담장이 요새와 산악으로 장식 되나니/ 오늘따라 보기에 더욱 좋구나."하고 술회한다.

    하지만 절대적 우위의 군사력을 가진 국민당의 체포와 탄압을 피해 중국 공산당은 장시 소비에트로 피난을 하게 되고 이곳에서 중국 공산당 고위간부 그룹이었던 '28인의 볼세비키'라고 불리는 옛 소련의 유학파들이 마오쩌둥의 지도력을 대신하게 되지만 국민당과의 정규전에서 연이어 패하게 되자, 게릴라전을 주도한 마오쩌둥이 다시 전권을 행사하게 된다. 1935년에는 마오쩌둥이 11개의 성(省)을 지나 2만 5천리 길을 걷는 〈장정(長征)〉에 관한 시를 쓰면서, "홍군은 고난의 원정을 겁내지 않거늘/ 멀고 험한 여정을 다만 예사롭게 여기리."라고 하는 비장한 정신을 보인다. 같은 해에 곤륜산을 넘으며 쓴 〈곤륜〉에서는 "천추의 공과 죄를/ 그 누가 따져 보았더냐?"하고 묻는다. 1936년 장제스가 만주사변을 통해 일본군에게 근거지를 빼앗기게 되면서 시안(西安)에 본부를 둔 장쉐량(張學良, 1901-2001)의 군대에 체포 구금당하지만 풀려나는 조건으로 항일투쟁을 위한 제2차 국공합작이 이루어진다.

한편 마오쩌둥은 1937년 네 번째 부인 장칭(江淸, 1914-1991)과 결혼한다. 1945년 일본 패망으로 중국은 하나로 통합될 기회를 가졌지만 국민당과 공산당은 분열되었고, 장제스가 이끄는 중화민국의 부패로 1948년부터 공산당 쪽으로 민심이 유리하게 작용하게 되면서 린바오(林彪, 1907-1971)가 지휘하는 동북인민해방군이 만주에서 국민당을 격파하고, 1949년 베이징(2월)과 수도 난징(4월), 그리고 상하이(5월)와 청두(12월)를 차례로 함락시키면서 마오쩌둥은 국민당을 몰아내고, 중국대륙을 장악하면서 같은 해 10월 1일에 베이징에서 중화인민공화국의 국가 주석에 취임한다. 마오쩌둥은 1949년 바로 그해에 〈인민해방군 남경을 점령하다〉라는 시를 쓰면서 "명예를 탐내는 초의 패왕을 본받지 말고/ 승승장구하여 막다른 적군을 추격하라."고 점령의 깃발을 마지막까지 내려놓지 않는다.

건국 직후 마오쩌둥은 토지개혁을 실시하고 지주세력을 숙청한다. 1950년 한국전쟁의 원조 이후에 공업화를 위한 대약진 운동을 실시하지만 기록에 의하면 기근 등으로 아사자와 처형당한 수가 2천 5백만 명에 이른다. 대약진 운동의 실패로 인한 비난 여론으로 마오쩌둥은 국가 주석에서 사임을 하고 류사오치(劉少奇, 1898-1969)에게 자리를 물려준다. 류사오치는 마오쩌둥의 대약진 운동을 강하게 비판하면서 덩샤오핑(鄧小平, 1904-1997)과 함께 경제개혁을 주도했다. 하지만 마오쩌둥은 여전히 힘을 과시하며 1966년 홍위병들과 더불어 문화대혁명을 일으켜 실권을 장악하여 2-3천만 명이나 되는 대량의 인민학살과 반체제에 대한 숙청으로 수많은 지적, 물적 자원을 잃게 된다.

이러한 상황에서 마오쩌둥은 류사오치를 몰아내고 그를

지지했던 린바오에게 후계자의 자리를 내어주려 했지만 승계가 늦어지면서 린바오는 쿠테타를 음모하였으나 실패하자 러시아로 망명하던 비행기의 추락사고로 사망한다. 노쇠한 마오쩌둥을 대신하여 부인 장칭과 사인방이 권력을 휘둘렀지만 민중은 분노하여 급기야 1976년 4월 대규모 민중봉기인 천안문 사태를 경험하게 되고, 1972년부터 노환중이던 마오쩌둥은 시위대의 진압을 군대에 요청했지만, 군이 응답하지 않자 고립된 상태가 되었고, 1976년 9월 9일 82세의 일기로 베이징에서 쓸쓸히 죽음을 맛보게 된다.

이와 같이 중국역사에서 아주 중요한 위치를 차지하는 마오쩌둥의 시를 번역한 조민호 시인은 나와 인연이 깊다. 젊은 날의 동학(同學)으로서 벌써 45년의 세월이 함께 흘렀다. 또 조시인이 중국 연변대학에서 유학하던 시절에, 나 또한 중국 길림사범대학교에서 교환교수로 7년간 재직하고 있었다. 그 당시 우리는 대륙에서 우정을 나누었던 벗이었다. 조민호 시인은 목사이면서도 지금은 남도에서 왕성한 창작 활동을 지속하고 있다. 바라건대 본서의 번역 작품이 독자 제현에게 좋은 영감을 불러 일으켜 주는 작품으로 거듭나기를 간절히 바라면서 추천의 인사를 대신한다.

2023년 2월 16일

정릉 우인재(愚人齋)
몰운(沒雲)합장

목차

2. 시(诗)

1

번체(詩)

長沙

沁园春[1]

一九二五年

獨立寒秋,

湘江[2]北去,

橘子洲[3]頭。

看萬山紅遍,

層林盡染;

漫江碧透,

百舸[4]爭流。

鷹擊長空,

魚翔淺底,

萬類霜天競自由。

悵寥廓,

問蒼茫大地,

誰主沉浮?

---

1) 詞牌名(역자의 말, 참조).
2) 호남성 최대 강 하류.
3) 湘江(상강) 내에 있는 긴 섬 이름.
4) 舸(가)는 大船(대선)을 말함.

장사

심원춘

1925년

차가운 가을 날
상강은 북으로 흐르는데
나 홀로 귤 섬 앞부분에 섰노라.
바라보니 산마다 온통 붉고
층을 이루며 숲마다 물 들었네.
넘실대는 강물 푸르고 투명한데
온갖 큰 배들은 다투며 흘러가네.
매는 창공을 가르며 날아가고
물고기는 물속에서 뛰어 오르거늘
만물은 늦가을 밤하늘 아래서 자유를 다투네.
아, 광활하여라
묻노니, 아득한 대지에서
그 누가 흥망성쇠를 주재하느냐?

攜來百侶曾遊,

憶往昔崢嶸歲月稠。

恰同學少年,

風華正茂;

書生意氣,

揮斥方遒。

指點江山,

激揚文字,

糞土當年萬戶侯。

曾記否,

到中流擊水[5],

浪遏飛舟?

---

5) 擊水(격수)는 수영을 표현.

일찍이 벗들과 더불어 노닐던
그때를 생각하니 험한 세월 많았었네.
어린 시절 학우들
풍채와 자질은 빼어나고
서생의 기개를
굳세게 떨칠 때라.
세상을 가르치는
글귀를 휘날리며
그때 제후들이 영토를 짓밟았었지.
기억하는가?
저 강물 한 가운데 들어가 수면을 치며
물결 이는 배를 저지하던 그 일을...

* 이 시 최초 발표는 시간(詩刊) 잡지에 1957년 1월 호에 발표.

黃鶴樓[6]

菩薩蠻[7]

一九二七年春

茫茫九派[8]流中國,

沈沈一線[9]穿南北。

煙雨莽蒼蒼,

龜蛇[10]鎖大江。

黃鶴知何去?

剩有游人處。

把酒酹滔滔,

心潮逐浪高!

---

6) 황학루는 현재, 무한대교 동단 북측에 있다.
7) 사패명(詞牌名)의 하나.
8) 派(파), 강물의 지류로 호북 강서 일대 아홉 지류로 장강(長江)
   에서 회합(滙合)함.
9) 철로이름, 지금은 경광철로로 부름.
10) 구사는 무창(武昌)에 있는 사산(蛇山), 구산(龜山)은 漢陽에 있음.

황학루

보살만
1927년 봄

망망한 아홉 지류는 나라 중앙을 관통하고
아득한 철길은 남과 북을 꿰뚫었구나.
안개비는 자욱하고 짙은데
구산과 사산이 큰 강을 가두었구나.

황학은 어디로 날아가고
사람이 놀던 곳만 남았는가?
잔 들어 도도한 강물에 뿌리니
심장의 고동이 물결 따라 치솟는구나!

* 이 시 최초 발표는 시간(詩刊) 잡지에 1957년 1월 호에 발표.

井崗山[11]

西江月[12]

一九二八年秋

山下旌旗在望,
山頭鼓角相聞。
敵軍圍困萬千重,
我自巋然不動。

早已森嚴壁壘,
更加衆志成城。
黃洋界上炮聲隆,
報道敵軍宵遁。

---

11) 江西省, 湖南省 지역 경계에 있는 산. 주위 500여km.
12) 사패명(詞牌名)의 하나.

정강산

서강월

1928년 가을

산 아래 군기를 바라보고
산마루에선 북과 나팔 소리 들린다.
적군은 수만 겹으로 에워쌌지만
나는 우뚝 선 채 서 있노라.

삼엄한 보루는 이미 쌓아 놓았고
더욱 더 모두의 뜻이 성채를 이루었다.
황양계에 대포 소리 울리더니
적군의 야간도주 소식을 알려 주네.

* 이 시 최초 발표는 시간(詩刊) 잡지에 1957년 1월 호에 발표.

蔣桂戰爭[13]

清平樂[14]

一九二九年秋

風雲突變,

軍閥重開戰。

灑向人間都是怨,

一枕黃粱再現。

紅旗躍過汀江,

直下龍岩上杭[15]。

收拾金甌一片,

分田分地真忙。

---

13) 蔣(장), 장개석의 국민당남경군벌과 桂(계), 광시자치구의 약칭,
   홍군을 지칭함.
14) 사패명(詞牌名)의 하나.
15) 龍岩, 上杭. 두 지명(地名).

장계 전쟁

청평락

1929년 가을

풍운이 돌변하니
군벌들 다시 전쟁이 벌어졌다.
세상에 뿌리는 것 모두 원한뿐이니
또 다시 허무한 꿈을 꾸는구나.

홍군의 깃발은 정강을 뛰어 넘어
용암으로, 상항으로 쳐 내려갔네.
국토의 한 조각을 정돈하여
토지개혁을 명료하게 서두르네.

* 이 시 최초 발표는 인민문학(人民文学) 잡지에 1962년 5월 호에 발표.

重陽[16]

採桑子[17]

一九二九年十月

人生易老天難老,
歲歲重陽。
今又重陽,
戰地黃花分外香。

一年一度秋風勁,
不似春光。
勝似春光,
寥廓江天萬裡霜。

---

16) 음력 9월 9일을 말함. 重陽節(중양절).
17) 사패명(詞牌名)의 하나.

중양

채상자

1929년 10월

인생은 쉽게 늙어도 하늘은 늙기 힘들고
해마다 중양절은 찾아오네.
금년에도 또 중양절인데
전쟁터의 들국화만 유달리 향기롭구나.

해마다 가을바람 세차게 일지만
봄빛과 다르네.
마치 승리의 봄빛처럼 느껴지는데
광활한 강천 만리에 찬 서리만 내리네.

* 이 시 최초 발표는 인민문학(人民文学) 잡지에 1962년 5월 호에 발표.

元旦

如夢令[18]

一九三〇年一月

寧化, 淸流, 歸化,
路隘林深苔滑。
今日向何方,
直指武夷山[19]下。
山下山下,
風展紅旗如畫。

---

18) 사패명(詞牌名)의 하나.
19) 武夷山(무이산) 강서성, 복건성에 맞닿아 있는 산.

원단

여몽령

1930년 1월

영화, 청류, 귀화 땅은
길은 좁고, 숲은 깊어 이끼는 미끄러웠네.
오늘은 어디로 나아갈까
곧장 무이산 아래로 가자.
산 아래, 산 아래로 내려가니
바람에 휘날리는 붉은 깃발이 마치 그림 같구나.

* 이 시 최초 발표는 시간(詩刊) 잡지에 1957년 1월 호에 발표.

廣昌[20]路上

減字木蘭花[21]

一九三〇年二月

漫天[22]皆白,
雪裡行軍情更迫。
頭上高山,
風卷紅旗過大關[23]。

此行何去?
贛江風雪迷漫處。
命令作頒,
十萬工農下吉安。

---

20) 廣昌(광창)은 地名(지명), 현명(縣名)으로 지금의 강서성 남풍현.
21) 사패명(詞牌名)의 하나.
22) 滿天을 말함.
23) 大關=指險要關隘는 험준한 요새.

광창 노상에서

감자목란화
1930년 2월

온 하늘 다 하얗고
눈 속 행군은 더욱 험난하다.
머리 위는 높은 산
붉은 깃발 바람을 휘감으며 험준한 요새를 넘는다.

가는 길은 어느 곳인가?
눈보라 자욱한 감강 저 곳까지다.
어제 명령이 하달되어
십만 농공인 길 안으로 진격한다.

* 이 시 최초 발표는 인민문학(人民文学) 잡지에 1962년 5월 호에 발표.

從汀州向長沙

蝶戀花[24]

一九三〇年七月

六月天兵[25]徵腐惡,
萬丈長纓要把鯤鵬[26]縛。
贛水那邊紅一角,
偏師借重黃公略[27]。

百萬工農齊踊躍,
席捲江西直搗湘和鄂。
國際悲歌[28]歌一曲,
狂飆爲我從天落。

---

24) 사패명(詞牌名)의 하나.
25) 紅軍(홍군)을 말함.
26) 鯤鵬 곤과 붕. 장자(莊子)에 나오는 큰 물고기와 큰 새.
27) 黃公略, 인명(人名).
28) 國際歌, 노동자 해방과 사회적 평등을 담고 있는 민중가요.

정주에서 장사로 향하다

접연화

1930년 7월

유월의 천병은 부패한 악당을 무찌르고
만길 긴 줄로 곤붕을 잡아 묶으려네.
감강 저 한 귀퉁이를 홍기로 덮었으니
예비부대 황공략의 공로 컸다네.

백만 농공인 맹렬하게 함께 일어나
강서를 휩쓸고, 곧장 호남과 호북을 치네.
비장하게 국제가를 부르니
돌풍이 우릴 위해 하늘에서 내리네.

* 이 시 최초 발표는 인민문학(人民文学) 잡지에 1962년 5월 호에 발표.

反第一次大"圍剿"

漁家傲[29]

一九三一年春

萬木霜天紅爛漫,

天兵怒氣衝霄漢[30]。

霧滿龍岡[31]千嶂[32]暗,

齊聲喚,

前頭捉了張輝瓚。

二十萬軍重入贛,

風煙滾滾來天半。

喚起工農千百萬,

同心幹,

不週山下紅旗亂。

---

29) 사패명(詞牌名)의 하나.

30) 霄漢(소한), 霄=雲天, 漢=星河 은하수를 가리킴.

31) 龍岡(용강)은 지금의 강서성 영풍현을 가리킴.

32) 嶂(장)은 高山을 말함.

제 1차 "포위하여 토벌"로 대반격하다

어가오

1931년 봄

서리 내린 날 온갖 수목은 붉고 선명하니
천병의 노기는 하늘 높이 치솟는구나.
룡강의 일천 봉우리는 안개 자욱한데
먼저, 장휘찬을 사로잡았다고
일제히 함성을 지른다.

이십만 홍군 또 다시 강서성으로 들어오니
바람은 먼지를 세차게 허공으로 번져 나간다.
수천 수백만 농공민은 분기하며
한 마음으로 싸우니
불주산 아래는 홍기로 물결치는구나.

* 이 시 최초 발표는 인민문학(人民文学) 잡지에 1962년 5월 호에 발표.

反第二次大"圍剿"

一九三一年 夏

白雲山[34]頭云欲立,
白雲山下呼聲急,
枯木朽株齊努力。
槍林逼,
飛將軍自重霄入。

七百里驅十五日,
贛水蒼茫閩山碧,
橫掃千軍如卷席。
有人泣,
為營步步嗟何及!

---

33) 사패명(詞牌名)의 하나.
34) 白雲山은 강서성 내 3개현을 접경하고 있는 산.

제 2차 "포위하여 토벌"로 대반격하다

어가오

1931년 여름

백운산 마루 위에 구름이 일고
백운산 아래에는 조급한 소리 더 높은데
메마른 고목까지 한 결 같이 전투를 돕는 구나.
총칼이 빗발치며 육박전하는
용맹스런 장수까지 하늘이 내렸는가.

보름에 칠 백리를 쫓아내니
감수는 멀고 아득하며, 민산은 푸르구나.
일천의 군사가 휘몰아 쓸어버리듯 하네.
흐느껴 우는 자 있으니
걸음마다 진 쳐 봤거늘 탄식해 무엇하랴!

* 이 시 최초 발표는 인민문학(人民文学) 잡지에 1962년 5월 호에 발표.

大柏地[35]

菩薩蠻[36]

一九三三年夏

赤橙黃綠青藍紫,
誰持彩練[37]當空舞?
雨後復斜陽,
關山陣陣蒼。

當年鏖戰急,
彈洞[38]前村壁。
裝點此關山,
今朝更好看。

---

35) 강서성 상금현 북 60리에 있음.
36) 사패명(詞牌名)의 하나.
37) 彩練(채련) 고운 빛깔의 비단, 비유: 무지개를 뜻함.
38) 洞(동)은 쏘아서 꿰뚫다. 관통시키다.

대백지

보살만

1933년 여름

적색, 등색, 황색, 녹색, 청색, 남색, 자색
누가 칠색 비단을 잡고 공중에서 춤을 추느냐?
비 그친 후 또 석양은 기우는데
산악 요새의 진영은 더욱 푸르구나.

그 해 치열하게 싸웠던 전투로
앞마을 담장에 총탄이 구멍을 뚫었지.
저 담장이 요새와 산악으로 장식되나니
오늘따라 보기에 더욱 좋구나.

* 이 시 최초 발표는 시간(詩刊) 잡지에 1957년 1월 호에 발표.

會昌[39]

清平樂[40]

一九三四年夏

東方欲曉,
莫道君[41]行早。
踏遍青山人未老,
風景這邊獨好。

會昌城外高峰,
顛連直接東溟。
戰士指看南粵,
更加鬱鬱蔥蔥。

---

39) 地名(지명), 會昌縣(강서성 동남부 지역). 1929년 모택동의
   贛南(감남)의 근거지.
40) 사패명(詞牌名)의 하나.
41) 君(군)은 모택동 자신을 말함.

회창

청평악

1934년 여름

동방이 밝아 오니
나의 걸음 빠르다 말하지 마시라.
청산을 빠짐없이 다녔어도 늦지 않았거늘
풍경은 여기가 유독 좋구나.

회창현 교외의 높은 봉우리
산봉우리 이어져 동해로 뻗어있네.
전사들이 바라보는 광동성의 남쪽이
더 더욱 울창하여라.

* 이 시 최초 발표는 시간(詩刊) 잡지에 1957년 1월 호에 발표.

婁山關[42]

憶秦娥[43]

一九三五年二月

西風烈,
長空雁叫霜晨月。
霜晨月,
馬蹄聲碎,
喇叭聲咽。

雄關漫道[44]真如鐵,
而今邁步從頭越。
從頭越,
蒼山如海,
殘陽如血。

---

42) 婁山關(루산관, 귀주성(省) 준의성(城) 북면, 루산의 최고봉
　　위에 있음).
43) 사패명(詞牌名)의 하나.
44) 漫道 = 慢說, ~ 말 할 것도 없다.

루산관

억진아

1935년 2월

서풍은 세차게 불고
창공엔 기러기 울고, 달 걸린 서리 내리는 새벽.
달 걸린 서리 내리는 새벽에
말발굽 소리 부서지고
나팔소리까지 목메어라.

웅대한 루산관을 철벽같다 말 하지마라
오늘은 발걸음을 내디디며 다시 넘노라.
다시 넘노니
푸른 산은 바다 같고
지는 해는 피와 같구나.

* 이 시 최초 발표는 시간(詩刊) 잡지에 1957년 1월 호에 발표.

十六字令三首

山,
快馬加鞭未下鞍。
驚回首,
離天三尺三。 *[45]

其 二

山,
倒海翻江[46]卷巨瀾。
奔騰急,
萬馬戰猶酣。

---

45) 모택동의 해석 * 당시 이런 민요가 있음("위로는 고루산이요.
아래는 팔보산이라, 하늘과의 사이가 석자 세 치네. 사람이
넘으려면 고개 숙여야 하고, 말이 넘으려면 안장에서 내려야
하네"). 이 시는 형용적 표현임을 알 수 있다(역자 주).

46) 倒海翻江(도해번강): (군사, 운동) 세력이 물밀 듯 퍼져 나간
다는 뜻의 사자성어.

16자 연시, 3수

1934년~1935년

산이여!
준마에 채찍질하며 안장에서 내리지도 않았네.
놀라워라 돌이켜 보니
하늘과의 사이는 석자 세 치네.

제 2 수

산이여!
강과 바다가 밀리듯 거센 물결을 휘몰아치네.
많은 말들이 내달리며
마치 만 마리 말들의 전투가 한창이네.

其 三

山,
刺破青天鍔未殘。
天欲墮,
賴以拄其間。

* 民謠: "上有骷髏山, 下有八寶山, 離天三尺三。人過要低頭,
馬過要下鞍。"

제 3 수

산이여!
푸른 하늘을 찌르고도 칼날은 상하지 않았네.
하늘이 무너지려는데
그 사이를 버티며 서있네.

* 이 시 최초 발표는 시간(詩刊) 잡지에 1957년 1월 호에 발표.

長征[47]

七律

一九三五年十月

紅軍不怕遠征難,

萬水千山只等閒。

五嶺[48]逶迤[49]騰細浪,

烏蒙[50]磅礡走泥丸。

金沙[51]水拍雲崖暖,

大渡[52]橋橫鐵索寒。

更喜岷山千裡雪,

三軍過後盡開顏。

---

47) 대장정 11개 省(성)을 행군함. 25000리 길.
48) 4개 省(성)에 속한 5개 嶺(령).
49) (하천, 도로 등) 구불구불 이어진 모양.
50) 烏蒙(조몽)은 오몽산을 가르킴. 귀주성과 운남성의 경계에 있음.
51) 금사강은 장강에 속하는 한 지류.
52) 대도하(河) 청해성과 사천성의 경계. 과락산은 고산준령이며
    물살은 가파르고 빠름.

장정

칠언율시

1935년 10월

홍군은 고난의 원정을 겁내지 않거늘
멀고 험한 여정을 다만 예사롭게 여기리.
오령을 물결치듯 흔들거리며 협곡을 오르고
웅장한 오봉산을 흙덩이 구르듯 내려오리.
금사 강물 치는 깎은 듯한 낭떠러지는 따스하고
대도하 가로 걸린 교각의 쇠줄은 차거우리.
한층 더 반갑구나. 민산의 천리 뻗은 눈들
삼군이 지나친 후에야 웃음꽃을 피우리.

* 이 시 최초 발표는 시간(詩刊) 잡지에 1957년 1월 호에 발표.

昆崙[53]

念奴嬌[54]

一九三五年十月

橫空出世,

莽昆崙,

閱盡人間春色。

飛起玉龍[55]三百萬[56],

攪得週天寒徹。

夏日消溶,

江河橫溢,

人或為魚鱉。

千秋功罪,

誰人曾與評說?

---

53) 곤륜산맥을 말함.
54) 사패명(詞牌名)의 하나.
55) 玉龍(옥용)은 백색의 용을 가리킴.
56) 玉龍三百萬은 시인이 인용한 문구임.

곤륜

념노교

1935년 10월

공중을 가로 질러 우뚝 솟은
거친 곤륜산
세상의 봄 경치를 낱낱이 굽어 보구나.
삼백만 흰 용이 날아오르고
온 하늘에 찬 기운 퍼뜨리네.
여름이면 녹아내리고
강과 하천이 넘쳐 나고
사람들 고기밥이 되기도 하네.
천추의 공과 죄를
그 누가 따져 보았더냐?

而今我謂昆崙:
不要這高,
不要這多雪。
安得倚天抽寶劍,
把汝裁為三截?
一截遺歐,
一截贈美,
一截還東國。
太平世界,
環球同此涼熱。

내 오늘 곤륜에 이르노니
이처럼 높이 솟지도 말고
이처럼 많은 눈 내리지도 말라.
어쩌면 하늘에 기대여 보검을 뽑아
너를 찍어 세 토막을 내겠느냐?
한 토막은 구라파에 보내고
한 토막은 아메리카 주에 주고
한 토막은 동방국가에 돌려보내리라.
태평세계에서
온 천하가 이 차고 더움 같이 하리라.

* 이 시 최초 발표는 시간(詩刊) 잡지에 1957년 1월 호에 발표.

六盤山[57]

清平乐[58]

一九三五年十月

天高雲淡,
望断南飛雁。
不到長城[59]非好漢,
屈指行程二萬。

六盤山上高峰,
紅旗漫券西風。
今日長纓在手,
何時縛住蒼龍[60]?

---

57) 녕하회족자치구의 고원.
58) 사패명(詞牌名)의 하나.
59) 長城(장성), 대장정의 목적지.
60) 蒼龍(창용), 액신, 악마를 말함.

육반산

청평악

1935년 10월

하늘은 높고 구름은 맑은데
남으로 가는 기러기 떼 아득히 멀어지네.
만리장성에 이르지 못하면 대장부가 아니리
손꼽아 헤아려보니 걸어온 길 이 만리.

육반산 최고봉에
붉은 깃발 서풍에 펄럭이구나.
오늘에야 긴 끈 손에 쥐었으니
언제 저 창용을 묶을 수 있으랴?

* 이 시 최초 발표는 시간(詩刊) 잡지에 1957년 1월 호에 발표.

雪[61]

沁園春[62]

一九三六年二月

北國風光,

千里冰封,

萬里雪飄。

望長城內外,

惟徐莽莽;

大河上下,

頓失滔滔。

山舞銀蛇,

原馳蠟象*[63],

欲與天公試比高。

須晴日,

看紅裝素裹,

分外妖嬈。

---

61) 1932년 2월 황하강 진입 후 산서성 서부지역.
62) 사패명(詞牌名)의 하나.
63) * 原指高原, 即秦晉高原: 고원은 진진 고원을 가리킴.

눈

심원춘

1936년 2월

북국의 풍경
천리에 얼음 덮이고
만 리에 눈발이 흩날리네.
바라보니 만리장성 주위는
어디에도 백설 천지
황하의 상하류
도도한 기세 잠시 멈추네.
산은 춤추는 은빛 뱀인가
고원을 줄달음질치는 흰 코끼리 같으니*
조물주와 눈높이를 견주어 보네.
마침내 날씨는 개이고
바라보니 붉은 소복단장
유달리 매혹적이네.

江山如此多嬌,

引無數英雄競折腰。

惜秦皇漢武,

略輸文采;

唐宗宋祖,

稍遜風騷。

一代天驕,

成吉思汗,

只識彎弓射大雕。

俱往矣,

數風流人物,

還看今朝。

* 原指高原, 即秦晉高原.

강산도 이와 같이 아리따워

수많은 영웅들이 다투어 허리를 굽히게 했지.

애석하게도 진시황제와 한 무제는

문재가 좀 모자랐고

당 태종과 송 태조는

시재가 좀 무디었네.

한 왕조의 군주

징기스칸도

활 당겨 독수리만 쏠 줄 밖에 몰랐다네.

모두 지난 일

품격의 인물을 헤아리려면

오늘을 보아야 하네.

* 고원은 진진 고원을 가르킴.

* 이 시 최초 발표는 시간(詩刊) 잡지에 1957년 1월 호에 발표.

人民解放軍佔領南京

七律

一九四九年四月

鐘山[64]風雨起蒼黃,

百萬雄師過大江。

虎踞龍盤[65]今勝昔,

天翻地覆[66]慨而慷。

宜將剩勇追窮寇,

不可沽名學霸王[67]。

天若有情天亦老,

人間正道是滄桑[68]。

---

64) 자금산(紫金山)을 말한다. 지금의 남경시 동쪽에 있다.

65) 용이 서리고 범이 걸터앉은 듯이 웅장한 산세, 즉 지세가 험준
   함을 의미함.

66) 천지가 뒤집히는 듯하다(65, 66 사자성어(四字成語)다).

67) 5-6 행은 사마병법과 유방의 병사의 고사를 인용한 비유의
   문장임.

68) 창해상전(滄海桑田)은 상전벽해(桑田碧海)와 같은 뜻으로 바
   다가 변하여 뽕나무밭이 되다.

인민해방군 남경을 점령하다

칠언율시

1949년 4월

대장정의 혹독한 시련 큰 변화 일어나니.
백만 정예군 큰 강을 건너간다.
험준한 산세는 옛보다 오늘이 아름답고
천지개벽에 마음까지 격앙하구나
명예를 탐내는 초의 패왕을 본받지 말고
승승장구하여 막다른 적군을 추격하라.
하늘이 유정하고 하늘도 늙으리니
세상 변천이 몹시 심함이 진리이리라.

* 이 시 최초 발표는 인민문학출판사(人民文学出版社) 1963년 12월 판.

和[69]柳亞子[70]先生

七律

一九四九年四月二十九日

飲茶粵海[71]未能忘,

索句渝州葉正黃。

三十一年還舊國[72],

落花時節讀華章[73]。

牢騷太盛防腸斷,

風物長宜放眼量。

莫道昆明池[74]水淺,

觀魚勝過富春江[75]。

---

69) 酬和(수화)는 시로 화답하다.
70) 柳亞子(유아자) 국민당중앙감찰위원, 1925년 광주에서 만남.
71) 廣州(광주)를 가리킴.
72) 북경을 말함.
73) 유아자의 시로 화려하고 아름다운 시.
74) 북경 이화원 내의 호수 이름.
75) 浙江省中部河流, 절강성 중부 하류에 있음.

유아자 선생에게 시로 화답하다

칠언율시

1949년 4월 29일

광주에서 차 마시던 일 잊을 수 없고
유주에서 시 부탁 받을 때는 단풍시기였지요.
서른 한 해 만에 옛 도읍에 돌아 와
꽃 지는 계절에 그대의 좋은 시를 읊노라.
지나친 불평으로 비통치 마시고
시야를 넓혀 풍경을 멀리 보십시오.
곤명호 호수 물의 얕음을 말하지 마시오.
물고기 구경만은 부춘강보다 훌륭하리요.

* 이 시 최초 발표는 시간(詩刊) 잡지에 1957년 1월 호에 발표.

2

간자체(诗)

长沙

一九二五年

独立寒秋,

湘江[2]北去,

橘子洲[3]头。

看万山红遍,

层林尽染;

漫江碧透,

百舸[4]争流。

鹰击长空,

鱼翔浅底,

万类霜天竞自由。

怅寥廓,

问苍茫大地,

谁主沉浮?

---

1) 词牌名(역자의 말, 참조).
2) 호남성의 최대 강 하류.
3) 湘江(상강) 내에 있는 긴 섬 이름.
4) 舸(가)는 大船(대선)을 말함.

장사

심원춘

1925년

차가운 가을 날
상강은 북으로 흐르는데
나 홀로 귤 섬 앞부분에 섰노라.
바라보니 모든 산마다 온통 붉고
층을 이루며 숲마다 물들었네.
넘실대는 강물 푸르고 투명한데
온갖 큰 배들은 다투며 흘러가네.
매는 창공을 가르며 날아가고
물고기는 물속에서 뛰어 오르거늘
만물은 늦가을 밤하늘 아래서 자유를 다투네.
아, 광활하여라
묻노니, 아득한 대지에서
그 누가 흥망성쇠를 주재하느냐?

携来百侣曾游。

忆往昔峥嵘岁月稠。

恰同学少年,

风华正茂;

书生意气,

挥斥方遒。

指点江山,

激扬文字,

粪土当年万户侯。

曾记否,

到中流击水[5],

浪遏飞舟?

5) 击水(격수)는 수영을 표현함.

일찍이 벗들과 더불어 노닐던

그때를 생각하니 험한 세월 많았었네.

어린 시절 학우들

풍채와 자질은 빼어나고

서생의 기개를

굳세게 떨칠 때라.

세상을 가르치는

글귀를 휘날리며

그때 제후들이 영토를 짓밟았었지.

기억하는가?

저 강물 한 가운데 들어가 수면을 치며

물결 이는 배를 저지하던 그 일을...

* 이 시 최초 발표는 시간(詩刊) 잡지에 1957년 1월 호에 발표.

黄鹤楼[6]

菩萨蛮[7]

一九二七年 春

茫茫九派[8]流中国,
沉沉一线[9]穿南北。
烟雨莽苍苍,
龟蛇[10]锁大江。

黄鹤知何去?
剩有游人处。
把酒酹滔滔,
心潮逐浪高!

---

6) 황학루는 현재, 무한대교 동단 북측에 있다.
7) 사패명(词牌名)의 하나.
8) 派(파), 강물의 지류로 호북 강서 일대 아홉 지류로 장강(长江)에서 회합(汇合)함.
9) 철로이름, 지금은 경광철로로 부름.
10) 구사는 무창(武昌)에 있는 사산(蛇山), 구산(龟山)은 汉阳에 있음.

황학루

보살만

1927년 봄

망망한 아홉 지류는 나라 중앙을 관통하고
아득한 철길은 남과 북을 꿰뚫었구나.
안개비는 자욱하고 짙은데
구산과 사산이 큰 강을 가두었구나.

황학은 어디로 날아가고
사람이 놀던 곳만 남았는가?
잔 들어 도도한 강물에 뿌리니
심장의 고동이 물결 따라 치솟는구나!

* 이 시 최초 발표는 시간(诗刊) 잡지에 1957년 1월 호에 발표.

井冈山[11]

西江月[12]

一九二八年秋

山下旌旗在望,
山头鼓角相闻。
敌军围困万千重,
我自岿然不动。

早已森严壁垒,
更加众志成城。
黄洋界上炮声隆,
报道敌军宵遁。

---

11) 江西省, 湖南省 지역 경계에 있는 산, 주위 500여km.
12) 사패명(词牌名)의 하나.

정강산

서강월

1928년 가을

산 아래 군기를 바라보고
산마루에선 북과 나팔 소리 들린다.
적군은 수만 겹으로 에워쌌지만
나는 우뚝 선 채 서 있노라.

삼엄한 보루는 이미 쌓아 놓았고
더욱 더 모두의 뜻이 성채를 이루었다.
황양계에 대포 소리 울리더니
적군의 야간도주 소식을 알려 주네.

* 이 시 최초 발표는 시간(詩刊) 잡지에 1957년 1월 호에 발표.

蒋桂战争[13]

清平乐[14]

一九二九年 秋

风云突变,
军阀重开战。
洒向人间都是怨,
一枕黄粱再现。

红旗跃过汀江,
直下龙岩上杭[15]。
收拾金瓯一片,
分田分地真忙。

---

13) 蒋(장), 장개석의 국민당남경군벌과 桂(계), 광시자치구의 약칭,
　　홍군을 지칭함.
14) 사패명(词牌名)의 하나.
15) 龙岩, 上杭. 두 지명(地名).

장계 전쟁

청평락

1929년 가을

풍운이 돌변하니
군벌들 다시 전쟁이 벌어졌다.
세상에 뿌리는 것 모두 원한뿐이니
또 다시 허무한 꿈을 꾸는구나.

홍군의 깃발은 정강을 뛰어 넘어
용암으로, 상항으로 쳐 내려갔네.
국토의 한 조각을 정돈하여
토지개혁을 명료하게 서두르네.

* 이 시 최초 발표는 인민문학(人民文学) 잡지에 1962년 5월 호에 발표.

重阳[16]

采桑子[17]

一九二九年十月

人生易老天难老，
岁岁重阳。
今又重阳，
战地黄花分外香。

一年一度秋风劲，
不似春光。
胜似春光，
寥廓江天万里霜。

---

16) 음력 9월 9일을 말함. 重阳节(중양절).
17) 사패명(词牌名)의 하나.

중양

채상자

1929년 10월

인생은 쉽게 늙어도 하늘은 늙기 힘들고
매년 중양절은 찾아오네.
금년에도 또 중양절인데
전쟁터의 들국화만 유달리 향기롭구나.

해마다 가을바람만 세차게 일지만
봄빛과 다르네.
마치 승리의 봄빛처럼 느껴지는데
광활한 강천 만리에 찬 서리만 내리네.

* 이 시 최초 발표는 인민문학(人民文学) 잡지에 1962년 5월 호에 발표

元旦

如梦令[18]

一九三〇年一月

宁化，清流，归化，
路隘林深苔滑。
今日向何方，
直指武夷山[19]下。
山下山下，
风展红旗如画。

---

18) 사패명(词牌名)의 하나.
19) **武夷山**(무이산) 강서성, 복건성에 맞닿아 있는 산.

원단

여몽령

1930년 1월

영화, 청류, 귀화 땅은
길은 좁고, 숲은 깊어 이끼는 미끄러웠네.
오늘은 어디로 나아갈까
곧장 무이산 아래로 가자.
산 아래, 산 아래로 내려가니
바람에 휘날리는 붉은 깃발이 마치 그림 같구나.

* 이 시 최초 발표는 시간(詩刊) 잡지에 1957년 1월 호에 발표.

广昌[20]路上

减字木兰花[21]

一九三〇年二月

漫天[22]皆白,
雪里行军情更迫。
头上高山,
风卷红旗过大关[23]。

此行何去?
赣江风雪迷漫处。
命令作颁,
十万工农下吉安。

---

20) 广昌(광창)은 地名(지명). 현명(縣名)으로 지금의 강서성 남풍현.
21) 사패명(词牌名)의 하나.
22) 滿天을 말함.
23) 大关=指险要关隘는 험준한 요새.

광창 노상에서

감자목란화
1930년 2월

온 하늘 다 하얗고
눈 속 행군은 더욱 험난하다.
머리 위는 높은 산
붉은 깃발 바람을 휘감으며 험준한 요새를 넘는다.

가는 길은 어느 곳인가?
눈보라 자욱한 감강 저 곳까지다.
어제 명령이 하달되어
십만 농공인 길 안으로 진격한다.

* 이 시 최초 발표는 인민문학(人民文学) 잡지에 1962년 5월 호에 발표.

从汀州向长沙

蝶恋花[24]

一九三〇年七月

六月天兵[25]征腐恶,

万丈长缨要把鲲鹏[26]缚。

赣水那边红一角,

偏师借重黄公略[27]。

百万工农齐踊跃,

席卷江西直捣湘和鄂。

国际悲歌[28]歌一曲,

狂飙为我从天落。

---

24) 사패명(词牌名)의 하나.
25) 红军(홍군)을 말함.
26) 鲲鹏 곤과 붕. (장자庄子)에 나오는 큰 물고기와 큰 새.
27) 黄公略, 인명(人名).
28) 国际歌, 노동자 해방과 사회적 평등을 담고 있는 민중가요.

정주에서 장사로 향하다

접연화

1930년 7월

유월의 천병은 부패한 악당을 무찌르고
만길 긴 줄로 곤붕을 잡아 묶으려네.
감강 저 한 귀퉁이를 홍기로 덮었으니
예비부대 황 공략의 공로 컸다네.

백만 농공인 맹렬하게 함께 일어나
강서를 휩쓸고, 곧장 호남과 호북을 치네.
비장하게 국제가를 부르니
돌풍이 우릴 위해 하늘에서 내리네.

* 이 시 최초 발표는 인민문학(人民文学) 잡지에 1962년 5월 호에 발표.

反第一次大 "围剿"

渔家傲[29]

一九三一年春

万木霜天红烂漫,

天兵怒气冲霄汉[30]。

雾满龙冈[31]千嶂[32]暗,

齐声唤,

前头捉了张辉瓒。

二十万军重入赣,

风烟滚滚来天半。

唤起工农千百万,

同心干,

不周山下红旗乱。

---

29) 사패명(词牌名)의 하나.
30) 霄汉(소한), 霄=云天, 汉=星河 은하수를 가르킴.
31) 龙冈(용강)은 지금의 강서성 영풍현을 가르킴.
32) 嶂(장)은 高山을 말함.

제 1차 "포위하여 토벌"로 대반격하다

어가오

1931년 봄

서리 내린 날 온갖 수목은 붉고 선명하니
천병의 노기는 하늘 높이 치솟는구나.
룡강의 일천 봉우리는 안개 자욱한데
먼저, 장 휘찬을 사로잡았다고
일제히 함성을 지른다.

이십만 홍군 또 다시 강서성으로 들어오니
바람은 먼지를 세차게 허공으로 번져 나간다.
수천 수백만 농공민은 분기하며
한 마음으로 싸우니
불주산 아래는 홍기로 물결치는구나.

* 이 시 최초 발표는 인민문학(人民文学) 잡지에 1962년 5월 호에 발표.

反第二次大 "围剿"

渔家傲[33]

一九三一年 夏

白云山[34]头云欲立,
白云山下呼声急,
枯木朽株齐努力。
枪林逼,
飞将军自重霄入。

七百里驱十五日,
赣水苍茫闽山碧,
横扫千军如卷席。
有人泣,
为营步步嗟何及!

---

33) 사패명(词牌名)의 하나.
34) 白云山은 강서성 내 3개 현을 접경하고 있는 산.

제 2차 "포위하여 토벌"로 대반격하다

어가오

1931년 여름

백운산 마루 위에 구름이 일고
백운산 아래에는 조급한 소리 더 높은데
메마른 고목까지 한 결 같이 전투를 돕는구나.
총칼이 빗발치며 육박전하는
용맹스런 장수까지 하늘이 내렸는가.

보름에 칠 백리를 쫓아내니
감수는 멀고 아득하며, 민산은 푸르구나.
일천의 군사가 휘몰아 쓸어버리듯 하네.
흐느껴 우는 자 있으니
걸음마다 진 쳐 봤거늘 탄식해 무엇하랴!

* 이 시 최초 발표는 인민문학(人民文学) 잡지에 1962년 5월 호에 발표.

大柏地[35]

菩萨蛮[36]

一九三三年夏

赤橙黄绿青蓝紫,

谁持彩练[37]当空舞?

雨后复斜阳,

关山阵阵苍。

当年鏖战急,

弹洞[38]前村壁。

装点此关山,

今朝更好看。

---

35) 강서성 상금현 북 60리에 있음.

36) 사패명(词牌名)의 하나.

37) 彩练(채련) 고운 빛깔의 비단, 비유: 무지개를 뜻함.

38) 洞(동)은 쏘아서 꿰뚫다, 관통시키다.

대백지

보살만

1933년 여름

적색, 등색, 황색, 녹색, 청색, 남색, 자색
누가 칠색 비단을 잡고 공중에서 춤을 추느냐?
비 그친 후 또 석양은 기우는데
산악 요새의 진영은 더욱 푸르구나.

그 해 치열하게 싸웠던 전투로
앞마을 담장에 총탄이 구멍을 뚫었지.
저 담장이 요새와 산악으로 장식되나니
오늘따라 보기에 더욱 좋구나.

* 이 시 최초 발표는 시간(詩刊) 잡지에 1957년 1월 호에 발표.

会昌[39]

清平乐[40]

一九三四年夏

东方欲晓,

莫道君[41]行早。

踏遍青山人未老,

风景这边独好。

会昌城外高峰,

颠连直接东溟。

战士指看南粤,

更加郁郁葱葱。

---

39) 地名(지명), 会昌县(강서성 동남부 지역). 1929년 모택동의
   赣南(감남)의 근거지.
40) 사패명(词牌名)의 하나.
41) 君(군)은 모택동 자신을 말함.

회창

청평악

1934년 여름

동방이 밝아 오니
나의 걸음 빠르다 말하지 마시라.
청산을 빠짐없이 다녔어도 늙지 않았거늘
풍경은 여기가 유독 좋구나.

회창현 교외의 높은 봉우리
산봉우리 이어져 동해로 뻗어있네.
전사들이 바라보는 광동성의 남쪽이
더 더욱 울창하여라.

* 이 시 최초 발표는 시간(詩刊) 잡지에 1957년 1월 호에 발표.

娄山关[42]

忆秦娥[43]

一九三五年二月

西风烈,
长空雁叫霜晨月。
霜晨月,
马蹄声碎,
喇叭声咽。

雄关漫道[44]真如铁,
而今迈步从头越。
从头越,
苍山如海,
残阳如血。

---

42) 娄山关(루산관, 귀주성(省) 준의성(城) 북면, 루산의 최고봉
위에 있음).
43) 사패명(词牌名)의 하나.
44) 漫道 = 慢說, ~ 말 할 것도 없다.

루산관

억진아

1935년 2월

서풍은 세차게 불고
창공엔 기러기 울고, 달 걸린 서리 내리는 새벽.
달 걸린 서리 내리는 새벽에
말발굽 소리 부서지고
나팔소리까지 목메어라.

웅대한 루산관을 철벽같다 말 하지마라
오늘은 발걸음을 내디디며 다시 넘노라.
다시 넘노니
푸른 산은 바다 같고
지는 해는 피와 같구나.

* 이 시 최초 발표는 시간(詩刊) 잡지에 1957년 1월 호에 발표.

十六字令三首

一九三四年到一九三五年

山,
快马加鞭未下鞍。
惊回首,
离天三尺三*[45]。

其 二

山,
倒海翻江[46]卷巨澜。
奔腾急,
万马战犹酣。

---

45) 모택동의 해석 * 당시 이런 민요가 있음("위로는 고루산이요.
   아래는 팔보산이라, 하늘과의 사이가 석자 세 치네. 사람이
   넘으려면 고개 숙여야 하고, 말이 넘으려면 안장에서 내려
   야 하네"). 이 시는 형용적 표현임을 알 수 있다(역자 주).
46) 倒海翻江(도해번강): (군사, 운동) 세력이 물밀 듯 퍼져 나간
   다는 뜻의 사자성어.

16자 연시, 3수

1934년~1935년

산이여!
준마에 채찍질하며 안장에서 내리지도 않았네.
놀라워라 돌이켜 보니
하늘과의 사이는 석자 세 치네.

제 2 수

산이여!
강과 바다가 밀리듯 거센 물결을 휘몰아치네.
많은 말들이 내달리며
마치 만 마리 말들의 전투가 한창이네.

其 三

山，
刺破青天锷未残。
天欲堕，
赖以拄其间。

* 民谣："上有骷髅山，下有八宝山，离天三尺三。人过要低头，马过
  要下鞍。"

제 3 수

산이여!
푸른 하늘을 찌르고도 칼날은 상하지 않았네.
하늘이 무너지려는데
그 사이를 버티며 서있네.

* 이 시 최초 발표는 시간(詩刊) 잡지에 1957년 1월 호에 발표.

长征[47]

七律

一九三五年十月

红军不怕远征难,

万水千山只等闲。

五岭[48]逶迤[49]腾细浪,

乌蒙[50]磅礴走泥丸。

金沙[51]水拍云崖暖,

大渡[52]桥横铁索寒。

更喜岷山千里雪,

三军过后尽开颜。

---

47) 대장정 11개 省(성)을 행군함. 25000리 길.
48) 4개 省(성)에 속한 5개 嶺(령).
49) (하천, 도로 등) 구불구불 이어진 모양.
50) 乌蒙(조몽)은 오몽산을 가르킴, 귀주성과 운남성의 경계에 있음.
51) 금사강은 장강에 속하는 한 지류.
52) 대도하(河) 청해성과 사천성의 경계. 과락산은 고산준령이며 물살은 가파르고 빠름.

장정

칠언율시

1935년 10월

홍군은 고난의 원정을 겁내지 않거늘
멀고 험한 여정을 다만 예사롭게 여기리.
오령을 물결치듯 흔들거리며 협곡을 오르고
웅장한 오봉산을 흙덩이 구르듯 내려오리.
금사 강물 치는 깎은 듯한 낭떠러지는 따스하고
대도하 가로 걸린 교각의 쇠줄은 차거우리.
한층 더 반갑구나 민산의 천리 뻗은 눈들
삼군이 지나친 후에야 웃음꽃을 피우리.

* 이 시 최초 발표는 시간(詩刊) 잡지에 1957년 1월 호에 발표.

昆仑[53]

念奴娇[54]

一九三五年十月

横空出世,

莽昆仑,

阅尽人间春色。

飞起玉龙[55]三百万[56],

搅得周天寒彻。

夏日消溶,

江河横溢,

人或为鱼鳖。

千秋功罪,

谁人曾与评说?

---

53) 곤륜산맥을 말함.
54) 사패명(词牌名)의 하나.
55) 玉龙(옥용)은 백색의 용을 가르킴.
56) 玉龙三百万은 시인이 인용한 문구임.

곤륜

널노교

1935년 10월

공중을 가로 질러 우뚝 솟은
거친 곤륜산
세상의 봄 경치를 낱낱이 굽어 보구나.
삼백만 흰 용이 날아오르고
온 하늘에 찬 기운 퍼뜨리네.
여름이면 녹아내리고
강과 하천이 넘쳐 나고
사람들 고기밥이 되기도 하네.
천추의 공과 죄를
그 누가 따져 보았더냐?

而今我谓昆仑:
不要这高,
不要这多雪。
安得倚天抽宝剑,
把汝裁为三截?
一截遗欧,
一截赠美,
一截还东国。
太平世界,
环球同此凉热。

내 오늘 곤륜에 이르노니
이처럼 높이 솟지도 말고
이처럼 많은 눈 떠 이지도 말라.
어쩌면 하늘에 기대여 보검을 뽑아
너를 찍어 세 토막을 내겠느냐?
한 토막은 구라파에 보내고
한 토막은 아메리카 주에 주고
한 토막은 동방국가에 돌려보내리라.
태평세계에서
온 천하가 이 차고 더움 같이 하리라.

* 이 시 최초 발표는 시간(诗刊) 잡지에 1957년 1월 호에 발표.

六盘山[57]

一九三五年十月

天高云淡,
望断南飞雁。
不到长城[59]非好汉,
屈指行程二万。

六盘山上高峰,
红旗漫卷西风。
今日长缨在手,
何时缚住苍龙[60]?

---

57) 녕하회족자치구의 고원.
58) 사패명(词牌名)의 하나.
59) 长城(장성), 대장정의 목적지.
60) 苍龙(창용), 액신, 악마를 말함.

육반산

청평악

1935년 10월

하늘은 높고 구름은 맑은데
남으로 가는 기러기 떼 아득히 멀어지네.
만리장성에 이르지 못하면 대장부가 아니리
손꼽아 헤아려보니 걸어온 길 이 만리.

육반산 최고봉에
붉은 깃발 서풍에 펄럭이구나.
오늘에야 긴 끈 손에 쥐었으니
언제 저 창용을 묶을 수 있으랴?

* 이 시 최초 발표는 시간(詩刊) 잡지에 1957년 1월 호에 발표.

雪 [61]

沁园春 [62]

一九三六年二月

北国风光,

千里冰封,

万里雪飘。

望长城内外,

惟徐莽莽;

大河上下,

顿失滔滔。

山舞银蛇,

原驰蜡象*[63],

欲与天公试比高。

须晴日,

看红装素裹,

分外妖烧。

---

61) 1932년 2월 황하강 진입 후 산서성 서부지역.

62) 사패명(詞牌名)의 하나.

63) * 原指高原, 即秦晋高原: 고원은 진진 고원을 가리킴.

눈

심원춘

1936년 2월

북국의 풍경
천리에 얼음 덮이고
만 리에 눈발이 흩날리네.
바라보니 만리장성 주위는
어디에도 백설 천지
황하의 상하류
도도한 기세 잠시 멈추네.
산은 춤추는 은빛 뱀인가
고원을 줄달음질치는 흰 코끼리 같으니*
조물주와 눈높이를 견주어 보네.
마침내 날씨는 개이고
바라보니 붉은 소복단장
유달리 매혹적이네.

江山如此多娇,
引无数英雄竞折腰。
惜秦皇汉武,
略输文采;
唐宗宋祖,
稍逊风骚。
一代天骄,
成吉思汗,
只识弯弓射大雕。
俱往矣,
数风流人物,
还看今朝。

* 原指高原, 即秦晋高原

강산도 이와 같이 아리따워

수많은 영웅들이 다투어 허리를 굽히게 했지.

애석하게도 진시황제와 한 무제는

문재가 좀 모자랐고

당 태종과 송 태조는

시재가 좀 무디였네.

한 왕조의 군주

징기스칸도 활 당겨

독수리만 쏠 줄 밖에 몰랐다네.

모두 지난 일

품격의 인물을 헤아리려면

오늘을 보아야 하네.

* 고원은 진진 고원을 가르킴.

* 이 시 최초 발표는 시간(詩刊) 잡지에 1957년 1월 호에 발표.

人民解放军占领南京

七律

一九四九年四月

钟山⁶⁴⁾风雨起苍黄,

百万雄师过大江。

虎踞龙盘⁶⁵⁾今胜昔,

天翻地覆⁶⁶⁾慨而慷。

宜将剩勇追穷寇,

不可沽名学霸王⁶⁷⁾。

天若有情天亦老,

人间正道是沧桑⁶⁸⁾。

---

64) 자금산(紫金山)을 말한다. 지금의 남경시 동쪽에 있다.
65) 용이 서리고 범이 걸터앉은 듯이 웅장한 산세, 즉 지세가
   험준함을 의미함.
66) 천지가 뒤집히는 듯하다(65, 66 사자성어(四字成语)다).
67) 5-6 행은 사마병법과 항우와 유방의 병사의 고사를 인용한
   비유의 문장임.
68) 창해상전(沧海桑田)은 상전벽해(桑田碧海)같은 뜻으로 바다가
   변하여 뽕나무밭이 되다.

인민해방군 남경을 점령하다

칠언율시

1949년 4월

대장정의 혹독한 시련 큰 변화 일어나니.
백만 정예군 큰 강을 건너간다.
험준한 산세는 옛보다 오늘이 아름답고
천지개벽에 마음까지 격앙하구나
명예를 탐내는 초의 패왕을 본받지 말고
승승장구하여 막다른 적군을 추격하라.
하늘이 유정하고 하늘도 늙으리니
세상 변천이 몹시 심함이 진리이리라.

* 이 시 최초 발표는 인민문학출판사(人民文学出版社) 1963년 12월 판.

和⁶⁹⁾柳亚子⁷⁰⁾先生

七律

一九四九年四月二十九日

饮茶粤海⁷¹⁾未能忘,

索句渝州叶正黄。

三十一年还旧国⁷²⁾,

落花时节读华章⁷³⁾。

牢骚太盛防肠断,

风物长宜放眼量。

莫道昆明池⁷⁴⁾水浅,

观鱼胜过富春江⁷⁵⁾。

---

69) 酬和(수화)는 시로 화답하다는 뜻.
70) 柳亚子(유아자) 국민당중앙감찰위원, 1925년 광주에서 만남.
71) 广州(광주)를 가르킴.
72) 북경을 말함.
73) 유아자의 시로 화려하고 아름다운 시.
74) 북경 이화원 내의 호수 이름.
75) 浙江省中部河流 절강성 중부 하류에 있음.

유아자 선생에게 시로 화답하다

칠언율시

1949년 4월 29일

광주에서 차 마시던 일 잊을 수 없고
유주에서 시 부탁 받을 때는 단풍시기였지요.
서른 한 해 만에 옛 도읍에 돌아 와
꽃 지는 계절에 그대의 좋은 시를 읊노라.
지나친 불평으로 비통치 마시고
시야를 넓혀 풍경을 멀리 보십시오.
곤명호 호수 물의 얕음을 말하지 마시오.
물고기 구경만은 부춘강보다 훌륭하리요.

* 이 시 최초 발표는 시간(詩刊) 잡지에 1957년 1월 호에 발표.

마오의 삶과 시세계
-혁명적 고난의 서사와 비극적 사랑의 서정

최자웅 신부 (시인, 종교사회학박사, 사회사상)

중국혁명은 -중국혁명의 승리 직전인 1945년 연안에서 열린 제7차 중국공산당전국대회의 회의석상에서 그의 연설로 사용한 열자(列子)의 탕문(湯問)편에서 예화로 사용한 - '우공이산(愚公移山)의 대역사였다. 실제로 모택동은 중국혁명을 우공이산의 고사에 나오는 어리석은 노인이 산을 파 옮기는 비유를 통하여 중국 인민과 민족 앞에 압박하고 군림하는 세 개의 거대한 산 -삼좌대산(三座大山)-을 봉건주의와 제국주의와 장개석과 사대가족이 지배하던 관료독점 자본주의로 규정하고, 이 산을 파 없애는 혁명의 대역사는 고사에 나오는 하늘의 상제가 우공의 정성에 감동하여 산을 옮겨주는 것이 아니라, 중국의 인민을 감동시켜야 일굴 수 있다고 설파하였다. 중국의 고전인 열자(列子)의 탕문(湯問)편에서 이 고사를 끄집어내어 가장 절실하고 현재적인 중국인민과 중국혁명에 대입시키는 모택동의 지적인 힘과 언어의 힘이 - 그 철학과 더불어 언어의 절정이며 응축이며 핵인 시의 힘과 더불어 중국혁명의 또 다른 차원의 에너지와 창조의 원천이었다고 생각된다.

모택동(毛澤東 MáoZédōng, 1893.12.26~1976.9.9)의 존재와 삶은 중국대륙의 역사에서 고대에서는 분열된 봉건 국가를 통일한 진시황제에 비견되기도 한다. 그는 수천 년 봉건적 왕조를 공화혁명으로 바꾼 국부 손문에도 비견되고, 또한 손문은 홍수전의 태평천국을 이어받은 혁명적 전통과 연속선이었으며 손문의 혁명이념인 삼민주의를 이어받은 것이 모택동의 이른바 신 삼민주의였다. 물론 모택동은 어린 날 6년간의 서당에서의 유교를 익힌 인문적 바탕 위에 그의 젊은 날, 제국주의의 저당물로 전락한 조국과 세계의 운명을 바꾸고자 마르크스 레닌주의를 진리와 실천전략으로 받아들이고, 1921년에 소수의 혁명적 지식인으로 결성된 중국공산당의 창당 이래 피어린 투쟁의 역사와 과정 속에서 정치적 사상과 군사적 무장력인 홍군을 만들어 내면서 1945년 10월에 드디어 중국의 사회주의 혁명의 승리를 일구어내었다. 그것은 레닌의 1917년 러시아 혁명에 이은 동양 최대의 대륙 중국의 천지개벽에 가까운 놀라운 역사의 전변이었다. 그리고 그 놀라운 혁명의 승리에는 참으로 인간의 필설로 형언하기 어려운 고난과 희생들이 있었고, 그것의 상징이 현대의 출애굽기로도 비유되기도 하는 1933~34년에 이루어진 대장정 - 롱마취였다. 그것은 고난의 대서사시로 일컬어지기도 한다.

　1949년 10월 북경의 천안문에서 중화인민공화국과 혁명의 승리를 세상에 선포하기 1년 전에 모택동은 다음과 같은 시를 썼다.

七 律
人民解放軍佔領南京
一九四九年四月

鐘山風雨起蒼黃,
百萬雄師過大江。
虎踞龍盤今勝昔,
天翻地覆慨而慷。
宜將剩勇追窮寇,
不可沽名學霸王。
天若有情天亦老,
人間正道是滄桑。

칠언율시
인민해방군 남경을 점령하다
1949년 4월

장정의 혹독한 시련이 변화로 일어나니
백만 정예군은 큰 강을 건너간다.
험준한 산세는 옛 보다 오늘이 아름답고
천지개벽에 마음까지 격앙하구나.
명예를 탐내는 초의 패왕을 본받지 말고
승승장구하여 막다른 적군을 추격하라.
하늘이 유정하고 하늘도 늙으리니
세상 변천이 몹시 심함이 진리이리라.

　　1934년 10월 16일에 강서성 서금(瑞金) 소비에트를 8만의
홍군병력이 출발하여 무려 2만 5천리(12,500km)를 장개석의
막강한 70여만의 국민당 병력의 화력과 160여대의 항공

기와 군대의 추격 속에서 오직 홍군으로 불리는 강철 신념을 지닌 인간들의 두 다리로 일 년여(370일)에 걸쳐 중국대륙의 남쪽 끝 강서성에서 출발하여 사천방향을 크게 우회하고 휘돌아 중국의 서북부 끝 오지의 마침내 황량한 황토지대 섬서성 연안에 자리잡기까지 살아남은 부상병 2만 명과 함께 8,000명이 도달한 것이 대장정이었다.

장 정
1935년 10월

홍군은 고난의 원정을 겁내지 않거늘
멀고 험한 여정을 다만 예사롭게 여기리
오령을 물결치듯 흔들거리며 협곡을 오르고
웅장한 오봉산을 흙덩이 구르듯 내려오리
금사 강물 치는 깎은 듯한 낭떠러지는 따스하고
대도하를 가로 걸린 교각의 쇠줄은 차거우리
한층 더 반가우리 민산의 천리 뻗은 눈들
삼군이 지나친 후에야 웃음꽃을 피우리

그 과정에서 가장 높고 험한 산의 하나였던 육반산을 타고 넘으면서 모택동은 고난 속에서도 웅혼한 혁명의 기상과 가슴으로 이렇게 노래했다.

청평악
육반산
1935년 10월

하늘은 높고 구름은 맑은데
남으로 가는 기러기떼 아득히 멀어지네

만리장성에 이르지 못하면 대장부가 아니리
손꼽아 헤아려보니 걸어 온 길 2만리

육반산 최고봉에
붉은 깃발 서풍에 펄럭이구나
오늘에야 긴 끈 손에 쥐었으니
언제 저 창용을 묶을 수 있으랴?

　장정이 끝나고도 또 다른 전투와 전쟁과 혁명의 장정이
이어졌다. 그리하여 '장정의 혹독한 시련이 변화로 일어나
니/ 백만 정예군은 큰 강을 건너 간' 중국홍군의 도정이고
혁명의 역사였다. 그러나 그 과정과 길 또한 혁명적 낙관
주의와 시적인 가슴으로 느끼면 '험준한 산세는 옛보다
오늘이 아름답고/ 천지개벽에 마음까지 격앙'케 함을 모택
동은 노래했다. 이 시가 쓰인 곳이 남경이기에 '승승장구
하여 막다른 적군을 추격하라. 하늘이 유정하고 하늘도
늙으리니'는 인민과 혁명의 대의로 진격하는 홍군과 중국
공산당에게 하늘이 유정하여 돕고, 낡은 하늘인 장개석과
국민당군은 마침내 늙고 패망하리라는 것을 장쾌하게 노
래한 것이다.
　실제로 모택동은 그의 동지들과 중국공산당과 홍군은
장정으로 상징되는 희생과 고난의 서사시를 혁명적으로
엮으면서 그들의 승리를 일구어 간 것이었다. 그리고 그
과정과 대서사시는 모택동의 명제처럼 "모든 정치권력은
총구에서 나온다"라는 또 하나의 진리의 실현과정이기도
했다. 그럼에도 불구하고 혁명은 단순한 무장력 −총과 무
기−에서 가능한 것만이 아니라 진정한 혁명은 혁명의 철
학과 언어로 씨 뿌려 열매 맺고, 뿌리 내려 꽃이 피어난 것

이다. 일찍이 철학자 마르틴 하이데거가 '언어는 존재의 집'이라고 설파한 바 있다. 중국혁명이라고 하는 거대한 역사의 전변과 드라마는 마땅히 대단한 혁명의 철학과 그 것이 바탕이 된 창조적 언어의 힘과 원천이 있었다. 그리고 무엇보다도 중국혁명의 핵이었고, 불꽃이었던 모택동은 독서광으로 치열한 인문학적 정신과 열정 위에 중국의 모든 전통적 고전과 역사서와 시가(詩歌)에도 정통한 학자이자 시인이었다. 그는 굴원과 두보를 좋아하고, 이백도 애송하였다. 그의 파란만장한 삶과 투쟁의 역사의 갈피에 감히 쉽게 그 누군가 흉내 낼 수 없는 시가 탄생하고, 그것은 중국혁명을 견인하는 또 하나의 영혼의 강물과 불꽃의 언어로 타올라 마침내 중국대륙을 한 점의 불꽃이 광야를 온전히 태우는 역사를 일군 것이었다.

沁园春
长沙
一九二五年

独立寒秋,
湘江北去,
橘子洲头。
看万山红遍,
层林尽染;
漫江碧透,
百舸争流。
鹰击长空,
鱼翔浅底,

심춘원
장사
1925년

차가운 가을 날
상강은 북으로 흐르는데
나 홀로 귤 섬 앞부분에 섰노라.
바라보니 산마다 온통 붉고
층을 이루며 숲마다 물들었네
넘실대는 강물 푸르고 투명한데
온갖 큰 배들은 다투며 흘러가네.
매는 창공을 가르며 날아가고
물고기는 물속에서 뛰어 오르거늘
만물은 늦가을 밤하늘 아래서 자유를 다투네.
아, 광활하여라
묻노니, 아득한 대지에서
그 누가 흥망성쇠를 주재하느냐?

일찍이 벗들과 더불어 노닐던
그때를 생각하니 험한 세월 많았었네.
어린 시절 학우들
풍채와 자질은 빼어나고
서생의 기개를
굳세게 떨칠 때라.
세상을 가르치는
글귀를 휘날리며
그때 제후들이 영토를 짓밟았었지.
기억하는가?
저 강물 한 가운데 들어가 수면을 치며
물결 이는 배를 저지하던 그 일을...

〈전문〉

1925년에 쓴 이 시는 제목 그대로 모택동의 장사 시절의 청춘의 꿈을 노래한 시이다. 모택동은 그의 고향 호남성(省) 상담현 소산마을에서 태어나 아버지의 반대를 무릅쓰고, 호남성의 성도(省都) 장사로 가출하여 호남성립 장사사범을 입학하여 6년간의 수학기간에 의미 깊고, 결정적인 중국혁명의 정신적 인적 기반을 형성한다. 그는 그곳에서 나중에 그의 장인이 된 스승 양창제(楊昌濟)를 만나 인문철학과 윤리의 골격을 만들었으며, 위안지류(袁吉六) 털보선생으로부터 중국의 전통적 시 공부를 깊게 할 수 있었고, 무엇보다도 호남사범 내에 모택동의 주도로 〈신민학회〉를 결성하여 이 신민학회의 회원들은 모택동을 비롯하여 중국혁명의 비범한 지도자 군으로 성장하게 된다. 바로 그 학회의 이름 또한 중국의 전통 유학 고전인 『대학(大學)』에서의 삼강령 팔조목 강령에 나오는 '明明德 在親民.'을 따온 것이었다. 즉 도탄에 빠진 민을 새롭게 하고 민과 가까이 하려는 그런 진리와 실천적 삶을 추구한다는 목적이었다. 이러한 목적과 가치를 동지적으로 추구하던 신민학회의 회원들은 따라서 졸업 후에 중국혁명이라는 대의와 가치를 위하여 모택동과 그의 절친 채화삼 등 수많은 호남사범학교 내의 신민학회회원들이 근검공학단(勤儉工學團)을 통하여 불란서로 유학을 가서 고학을 하다 돌아온 후 중국혁명에 크게 이바지하고 활약하였음은 물론이다. 다만 모택동 자신은 해외유학도 좋지만 그 보다도 중국을 더욱 알고 남아서 일하는데 가치를 부여하였다.

　　그리고 모택동은 장사 고향을 떠나서 북경에서 스승 양창제의 도움으로 훗날 중국공산당의 창당과 철학에 매우 중요한 거목인 이대쇠(李大釗)가 북경대학 도서관장으로 있던 도서관의 하급 사서직을 거쳐서 상해에서는 세탁부로 생계를 잠시 이어가면서 마르크스 레닌주의를 신념으로 받아들이고 마침내 상해에서 1921년에 중국공산당을 창당하고 자신의 출신지역인 호남성 서기로 활동하다가 잘못된 공산당 지도부의 전략으로 추수폭동에 실패한 후에 1927년 남은 패잔병 병력 1,000여명과 더불어 험준한 정강산에 은신하여 새로운 홍군의 근거지를 만들어 중국혁명의 새로운 힘과 거점과 지도인물로 부상하게 된다.

모택동은 스승 양창제(楊昌濟)의 따님이자 자신의 호남사범 후배인 양개혜(楊開慧)와 결혼하였으나 이 간고한 혁명의 세월과 과정 속에서 양개혜가 부패한 군벌에 살해되는 비극을 겪기도 하였다. 모택동은 비극적인 짧은 삶으로 애처롭게 마감한 그의 부인 양개혜에 대한 애틋한 사랑과 그리움을 시로 노래하기도 하였다. 실제로 모택동의 혁명적 삶은 그가 사랑했던 양개혜를 위시하여 수많은 동지들과 홍군들 및 문학을 사랑하며 같이 나눌 수 있는 유아자(柳亞子)를 비롯한 문우들과 정신적 교유의 산물이기도 했다. 모택동은 그의 아내 양개혜와 동생과 아들을 모두 혁명의 과정에서 잃어야 했다. 실제로 모택동의 삶의 말기에 정권수립과 특히 문화혁명 이래 정치적 입지가 상당히 달라진 옛 동지들의 장례식에 거의 나타나지 않기로 소문난 모택동이 어느 날 많은 이들의 놀라움 속에 나타난 일이 있었다.

1972년 1월 6일 문화혁명의 와중에, 정강산 시절 모택동의 동지였던 72세의 노 혁명가 진의(陳毅)가 숨을 거두었다. 진의는 당시 천하를 주름잡던 강청 등 4인방 세력에 맞서 힘겨운 싸움을 벌이다가 중병을 얻어 결장암으로 세상을 뜬 것이었다. 당시 북경의 정치적 분위기는 살벌하였다. 진의의 추도회는 수상 주은래가 맡아 진행하고 엽검영(葉劍英)이 추도사를 읽기로 되어 있었다. 엽검영이 추도사 원고를 써서 모택동에게 먼저 보냈다. 추도사 속에 엽검영은 '유공유과(有功有過)'라고 썼는데, 이를 본 모택동이 '有過'를 지워버렸다. 모택동의 참석은 생각할 수도 없는 일이었고, 정치국 위원이나 혁명의 老간부들의 참석조차 불투명한 상황이었다. 그러나 1월 10일 하오 3시, 팔보산 혁명공묘 예당에서 거행된 진의(陳毅)의 추도식은 전혀 예기치 못했던 돌발 사태로 말미암아 술렁거리기 시작했다. 모택동이 나타났기 때문이었다. 건강을 걱정한 의사와 경호원들이 말렸으나 오히려 모택동은 빨리 가자고 재촉하기만 했다. 그날따라 날씨는 매우 춥고 사나웠다. 모택동이 진의 추도회에 참석한 것은 그 누구도 예측할 수 없었던 극적 상황이었다. 팔보산 휴게실에서 모택동은 진의의 미망인 장서에게 다가가 손을 잡고 위로의 말을 전했다. "진의 동지는 정말 훌륭한 동지였소" 모택동은 진의의 네 딸과도 일일이 악수하며 "더욱 노력 분투하게나. 진의 동지는 중국혁명과 세계혁명을 위하여 크게 공헌하였네. 그 공로는 길이 남을 것이네"라며 격려했다. 이어 모택동은 중국인의 장례 의전대로 붉은 깃발에 덮인 진의의 골회 앞에 머리 숙여 세 번 절했다. 이때 즈음에 주은래(周恩來), 주덕(朱德), 엽검영(葉劍英) 등이 도착했다. 진의의 미망인이 울음을 터뜨렸다. 이때 누군가가, "주석님이 울고 있다"고 외쳤다. 그 순간 진의의 옛 동지들이 한꺼번에 오열을 쏟아냈고, 그들의 통곡 소리가 방 안을 가득 메웠다. 이 자리에서 모택동은 그동안 역경에 처해 있던 자신의 옛 혁명 간부 동지들이 반가워할, 뜻 있는 말과 행동을 보여줌으로써 이날 이 자리의 역사적 의미를 깊게 했다. 무엇보다도 진의는 주덕이나 등소평과 같은 사천성 출신의 불란서 빠리로 근검공학을 다녀온 이래 모택동과 1927년 정강산 시절 중국혁명에서의 걸출한 지도자적인 동지였고, 또한 무엇보다도 시를 짓고 쓴 혁명가 시인이기도 했다. 잠시 정치적 입장이 서로 달랐어도 모택동은 혁명동지와 지도자로서 또한 시인으로서 살아왔던 진의에 대한 깊은 존경과 애정을 이렇게 그의 마지막 장례의 자리에서 표한 것이었다.

독일의 세기적 철학자인 마르틴 하이데거는 모든 삶과 정신의 정상에 무엇이 있는가를 물으면서 철학자인 그로서는 마땅할 철학과 사유가 있다는 말 대신에 모든 것의 정상에는 시(Gedicht)가 깃들어 있다고 하였다. 이 같은 그의 깊은 신념에서 그는 시인 횔더린에 관한 빛나고 심오한 시론을 그의 저술로 남겼다. 시정신과 시의 자리는 하이데거가 말한 바처럼 매우 높고 깊고 핵심적인 인간의 정신과 사상과 미학적 정화이며 응결인 것이다. 모택동의 삶과 중국혁명의 고난의 대역사를 견인한 것도 바로 이 같은 혁명적 신념과 더불어 높은 정신의 표상인 시정신의 결합이라고 말한다면 그것은 결코 과언이 아닐 것이다. 특히 동양에서는 이른바 선비나 인간의 높은 수준의 군자적 완성을 문사철(文思哲)로 일컬으며 추구하였고, 여기에서 정신의 융합과 표상으로서는 단연 문장은 물론이고 그 높은 형태와 고양의 결실인 시가 항상 강조되고 중요시되었던 것이다.

重 陽
1929년 10월

人生易老天難老,
歲歲重陽。
今又重陽,
戰地黃花分外香。

一年一度秋風勁,
不似春光。
勝似春光,
寥廓江天萬裡霜。

중 양
1929년 10월

인생은 쉽게 늙어도 하늘은 늙기 힘들고
해마다 중양절은 찾아오네.
금년에도 또 중양절인데
전쟁터의 들국화만 유달리 향기롭구나.

해마다 가을바람 세차게 일지만
봄빛과 다르네.
마치 승리의 봄빛처럼 느껴지는데
광활한 강천 만리에 찬 서리만 내리네.

　필자의 개인적 소견으로는 정강산시절 1929년에 쓰인
중양의 시가 깊은 문학적 향기와 의미가 강하게 느껴지는
작품이다. 전쟁의 살벌하고 황막한 상황에서도 가을에 피

어나는 들국화를 바라보면서 '해마다 가을바람만 세차게 일지만', 그 '봄빛과는 다른' 가을 찬바람도 '마치 승리의 봄빛처럼 느껴져' 오는 가슴으로 '광활한 강천 만리에 찬 서리만 내리네' 라고 혁명적 낙관주의와 더불어 비감스러 우나 중양절 찬 서리 국화를 격조 높게 시로 노래한 이 작품은 어쩌면 수많은 모택동의 시문학을 일관하는 시정신이자 혁명적 신심과 자연의 무상함도 전변도 뛰어넘고 하나로 응축시켜 노래한 걸작으로 느껴진다. 수많은 모택동의 시편들은 비극적인 고난의 세월과 시대에 불굴의 혁명적 신념, 서사와 자연의 미학을 일치시키고, 그 고난의 역사와 세월 속에서 영웅적으로 싸우며 사랑하고, 죽어간 이들을 사랑하면서 그들을 가슴과 영혼으로 깊게 새기며 시적으로 고양하며 형상화하였다고 보여 진다.

***

이 번역시집은 중국에서 10여 년간 체류하며 중의학(中醫學)을 공부하고, 한국으로 돌아온 시인인 조민호 목사에 의하여 엮어진 것을 의미 있게 생각한다. 특별히 그는 기독교 성직자로서 그가 속한 교단은 경건과 보수신앙을 강조하는 오순절계통의 교단이기도 하다. 이런 교단의 성직자가 누구보다도 혁명적 시인이며 사상가인 모택동의 시집을 자신의 작업으로 번역한 것은 얼마나 반갑고 뜻깊은 일인지 모르겠다. 물론 그는 오랫동안 이 땅과 세계의 모든 종교와 사상의 장벽과 경계와 모순을 뛰어 넘고 없애는 생명·평화·통일을 지향하는 〈코리안아쉬람〉의 신실한 회원으로 살아온 내력도 있다.

이런 반가움에서 나는 조민호 목사의 청화대(清華大) 출신 따님의 결혼식에 주례자로 참여하기도 했다. 이제 중국대륙은 우리의 낡은 과거의 적이 결코 아니라 현재와 미래 우리의 삶과 세계의 중심과 우방으로 함께 더불어 살아가는 친구의 나라이기도 하다. 이 같은 중국의 인민들 속에서 손문과 더불어 아니 그 이상으로 중화민족의 국부와 태양으로 존경과 숭모의 대상인 모택동의 존재와 그의 핵심적인 시문학을 우리가 가까이 이해하고 음미하는 것은 매우 의미 깊고 필요한 일이 아닐 수 없을 것이다. 특별히 아직도 낮은 수준의 이념적 현실에서 미망에 사로잡혀 있기도 한 한국의 정신계나 종교계를 위해서도 미국의 저명한 신학자인 폴 레만이 현대 세계의 출애굽(Exodus)이라고 일컫는 중국의 대장정과 현대중국의 파노라마와 역사를 구약복음의 핵심사건인 모세의 출애굽과 더불어 음미하거나 이해하는데 있어서 조민호 목사의 이 번역시집이 의미 있고 긍정적인 이바지를 하게 될 것을 기대하고 싶다.